이쁘다고 말하니
　　　　　더욱 예쁘다

이쁘다고 말하니
더욱 예쁘다

나태주 시집

열림원

이쁘다고 말하니

　동시는 어린이 독자들을 위해서 어른 시
인이 쓰는 시를 말합니다. 그러나 나는 한
번도 동시를 쓰겠다는 생각을 갖고 시를 쓴
일이 없습니다. 그냥 시를 썼을 뿐입니다.
그 시들을 어린이도 어른도 함께 읽습니다.
이것은 참으로 귀중한 일이고 아름다운 일
입니다. 감사한 일입니다. 그런 시야말로
'착한 시'라고 생각하기 때문입니다.

꽃을 자세히 보고 싶은 어린 마음과 같이 멈추어 보고, 오래 바라보고, 예쁘게 보려고 애쓰는 동안 우리는 조금씩 다른 사람이 됩니다. 꽃을 보다가 결국 사람을 배우게 됩니다.

이 책『이쁘다고 말하니 더욱 예쁘다』가 그런 마음을 도와주는 책이 되기를 바랍니다.

2026년 봄에
나태주 씁니다.

1부

혼자서 16

개밥별 17

하나 18

한 사람 건너 19

지구 20

참 좋은 날 21

이쁘다 22

맑은 날1 24

아기 해님 25

꽃들에게 미안하다 26

비 오는 아침 28

아가야 미안해 29

참새가 운다 30

저녁때 32

하늘 아이 34

꽃잎 35

팬지꽃 36

꽃들아 안녕 38

강아지풀에게 인사 39

아기 40

다섯 41

행복 1 42

시 1 44

잠들기 전 기도 45

강물과 나는 46

가을 49

창문을 연다 50

징검다리 52

아침 새소리 54

우리 아기 새로 나는 이는 55

상쾌 56

수학여행 길 58

시월 59

까치밥 60

날마다 소풍날 _제주 기행 62

2부

너를 두고 66

먼 길 68

시2 69

창문을 연다 70

오월 아침 72

풀꽃1 74

눈부신 세상 75

애기 발 76

동심 78

제비꽃1 80

느낌1 81

노래 82

바다에서 오는 버스 84

촉 86

봄 87

오아시스 88

행복2 90

별 91

사는 일 92

느낌2 95

대숲 아래서 96

같이 갑시다 99

들길을 걸으며 100

너도 그러냐 102

선물 104

그러므로 105

백두산 가는 길 106

다락방 108

풍금 109

전학 간 친구 그리워 110

엄마가 말했어요 112

맑은 날2 113

겨울밤1 114

첫 친구_현명이1 116

누나 생각 119

어머니 말씀의 본을 받아 120

3부

사랑에 답함 126

풀꽃 3 127

경이 눈 속에는 128

낮달 130

이른 봄 131

봄철의 입맛 132

아기를 위하여 1 134

민애의 노래책 136

어린아이로 138

어진이와 민들레 139

다섯 살 140

되고 싶은 사람 142

꽃신 144

제비꽃 2 145

아기를 위하여 2 146

아기를 재우려다 148

세 살 149

개화 150

제비 151

이름 부르기 152

귤 154

수족관의 물고기 155

엄마 마음 156

풀꽃2 158

내가 너를 159

얘들아 반갑다 160

엄마 발소리 162

엄마의 소원 163

여름의 일 164

엄마 아빠 탓 166

대화 167

다섯의 세상 168

할아버지 어린 시절1 169

중학생을 위하여 170

나이_현명이2 172

낙서1 174

고드름 175

다시 중학생에게 176

4부

꽃 180

어린아이 181

나는 반대예요 182

아이 184

엄마 185

감꽃 186

아름다운 사람 189

낙서2 190

일요일 192

응? 193

아기를 위하여3 194

아기를 위하여4 195

참새 196

차마 198

리트머스 시험지 199

오리 세 마리 200

신발 201

어버이날 202

활^짝 203

엄마 사라져 버려랏 204

아기를 위하여5 206

일기 숙제 _초등학교 2학년 일기장 208

교회 식당 210

내비 언니 211

지구를 한 바퀴 212

할아버지 어린 시절2 213

개구리 214

너와 함께라면 인생도 여행이다 216

학교 가던 아이는 죽어 219

3월에 오는 눈 220

한밤중에 221

징검다리1 222

아기 신발가게 앞에서 224

등 너머로 훔쳐 듣는 대숲바람 소리 226

외할머니 228

유언시 _아들에게 딸에게 230

너 오늘 혼자 외롭게
꽃으로 서 있음을 너무
힘들어하지 말아라

1

멈추어 보기

혼자서

무리 지어 피어 있는 꽃보다
두셋이서 피어 있는 꽃이
도란도란 더 의초로울 때 있다

두셋이서 피어 있는 꽃보다
오직 혼자서 피어 있는 꽃이
더 당당하고 아름다울 때 있다

너 오늘 혼자 외롭게
꽃으로 서 있음을 너무
힘들어하지 말아라.

개밥별

맑은 겨울 초저녁 하늘에
누가 걸어 놓았나?
밝은 등불 하나

외할머니 어머니
저녁밥 먹고
개밥 챙겨 줄 때
바라보던 별

좋은 세상이다
잘 살아라
부탁의 말씀도 함께
걸어 두셨다.

하나

하나로 만족하지 못하는 사람은
둘이나 셋으로 만족하지 못하고
백이나 천으로는 더욱
만족하지 못한다
그만큼 하나는 큰 수이다

한 번 잘못한 사람은
두 번 세 번 잘못하고서도 잘못한 줄 모르고
백 번 천 번 연거푸 잘못하고서도
잘못한 줄 모른다
그만큼 하나는 큰 수이다.

한 사람 건너

한 사람 건너 한 사람
다시 한 사람 건너 또 한 사람

아기 보듯 너를 본다

찡그린 이마
앙다문 입술

무슨 마음 불편한 일이라도
있는 것이냐?

꽃을 보듯 너를 본다.

지구

지구는 하나의 꽃병

꽃 한 송이 꽂으면
밝아오고

물 한 모금 뿌려 주면
더욱 밝아오지만

꽃 한 송이 시들면
금방 어두워진다

지구는 하나의
조그만 꽃병.

참 좋은 날

오늘은 중요한 약속이 있다

아이들과 꽃밭에 꽃모종을 하기로 한 약속
꽃모종을 하고 나서
글짓기도 하기로 한 약속
시간이 남으면 들길로 나가 풀꽃
그림도 그리기로 한 약속

아이들과의 약속은 나를 하늘에 떠 있는
흰구름 배가 되어 흘러가도록 해 준다
그러하다. 아이들은 나를 머언 하늘로 자꾸만
밀어내는 순한 바람결이다

아이들이 나를 기다리고 있다
오늘은 참 좋은 날이다.

이쁘다

예쁘다 예쁘다
언니가 말할 때는
예쁘다
날보고 예쁘다
그러고요

이쁘다 이쁘다
할머니가 말할 때는
이쁘다
날보고 이쁘다
그래요

예쁘다
이쁘다

다 좋지만
나는 나는
이쁘다가
더 좋아요

이쁘다가
더 예쁜 것
같아요.

맑은 날1

오늘 날이 맑아서
네가 올 줄 알았다
어려서 외갓집에 찾아가면
외할머니 오두막집 문 열고
나오시면서 하시던 말씀

오늘은 멀리서 찾아온
젊고도 어여쁜 너에게
되풀이 그 말을 들려준다
오늘 날이 맑아서
네가 올 줄 알았다.

아기 해님

하루 세상
구경 다 했다고
너울너울
나뭇잎새 사이
손을 흔들며
집 찾아가는 아기 해님

달이 뜨면 무서워
별이 뜨면 무서워
얘들아 내일 다시 만나
재밌게 놀자,
엄마가 찾으러 오기 전에
산 넘어가는 아기 해님.

꽃들에게 미안하다

꽃들에게 미안하다
나무들에게 미안하다
이런 세상도 봄이랍시고
꽃과 나무들은
고운 꽃을 피우며
예쁜 새순을 내밀며
깔깔깔 웃음 터뜨리며
제 속살 모두들 드러내 보여 주고 있는데
사람들만 그 옆에서
못돼먹은 짓 막돼먹은 말
하고들 있으니
꽃들에게 미안하다
나무들에게 미안하다
그것도 대청댐 부근
우리들의 목숨의 젖줄이라고 말하는

상수원지 그 언저리에서.

비 오는 아침

팔랑팔랑
노랑나비 한 마리
춤을 추며
날아갑니다

살랑살랑
노랑 팬지꽃 한 송이
노래하며
걸어갑니다

우리 집 딸아이
노랑 우산 들고 가는
아침 등굣길

옷 벗고 치운 봄날
비 오는 아침.

아가야 미안해

아가야 미안해
곱게 잠든 네 얼굴을 보면
엄마가 더 미안해

엄마가 왜 너에게
화를 내고 꾸중을
했는지 모르겠어

꿈나라에서라도
꾸중 듣지 말고
웃으며 뛰어놀아라

내일 아침 네가
잠에서 깨어나면
엄마가 더 잘해 줄게.

참새가 운다

창틀에 와서
참새가 운다
지난봄 우리 학교 정원
향나무에서 깨어 나간
아기 참새다

짹 짹 짹 짹
1학년 언니들도 고마워요
유치원 언니들도, 6학년
오빠들도 고마워요

짹 짹 짹 짹
우리가 알이었을 때
우리가 새끼 새였을 때
우리 엄마 둥지를
건드리지 않아서 고마워요

차례대로
인사를 한다
짹 짹 짹 짹
창틀에 와서 아기
참새가 운다.

저녁때

날 저문
골목 어귀

나뭇잎 하나
굴러간다

잎새야
잎새야
너의 집은 어디냐?

바람 부는
마을 어귀
아이 하나
울고 간다

아이야
아이야
너의 엄마 어딨니?

하늘 아이

너 누구냐?
꽃이에요

너 누구냐?
나, 꽃이에요

너 정말 누구냐?
나, 꽃이라니까요!

꽃하고 물으며 대답하며
하루해가 짧다.

꽃잎

천사들이 신었던
신발이 흩어져 있네

미끄럼틀 아래
그네 아래 그리고
꽃나무 아래

무슨 급한 일이 있어
천사들은 신발을 벗어 둔 채
하늘나라로 돌아간 것일까?

팬지꽃

아직은 봄이라도 추운 날
한길 가 꽃밭에
심은 팬지꽃

팬지꽃 가운데서도
노랑 팬지꽃
노랑 팬지꽃 위에

팬지꽃 한 송이가
2층으로 피었다
한들한들 피었다

이상한데?
가까이 가 보니
그것은 노랑나비

포르르 하늘로 날아간다
나는 하늘의 꽃이에요
노랑 나비꽃.

꽃들아 안녕

꽃들에게 인사할 때
꽃들아 안녕!

전체 꽃들에게
한꺼번에 인사를
해서는 안 된다

꽃송이 하나하나에게
눈을 맞추며
꽃들아 안녕! 안녕!

그렇게 인사함이
백번 옳다.

강아지풀에게 인사

혼자 노는 날

강아지풀한테 가 인사를 한다
안녕!

강아지풀이 사르르
꼬리를 흔든다

너도 혼자서 노는 거니?

다시 사르르
꼬리를 흔든다.

아기

아직은
이승 사람이 아니네

젖을 먹을 때
웃을 때
잠잘 때

허공에 헛발질
헛주먹질 할 때
더욱 그렇네.

다섯

아가 몇 살이야?
손가락 다섯 개를 활짝 펼치며
다섯 살!

다섯 개의 꽃이 피었구나
손가락 끝에 별이
하나씩 매달려
반짝이는구나

그 꽃을 보면서
그 별을 따라가면서
좋은 세상 잘 살아라.

행복 1

1
딸아이의 머리를 빗겨 주는
뚱뚱한 아내를 바라볼 때
잠시 나는 행복하다
저의 엄마에게 긴 머리를 통째로 맡긴 채
반쯤 입을 벌리고
반쯤은 눈을 감고
꿈꾸는 듯 귀여운 작은 숙녀
딸아이를 바라볼 때
나는 잠시 더 행복하다.

2
학교 가는 딸아이
배웅하러 손잡고 골목길 가는
아내의 뒤를 따라가면서

꼭 식모 아줌마가
주인댁 아가씨 모시고 가는 것 같애
놀려 주면서
나는 조금 행복해진다
딸아이 손을 바꿔 잡고 가는 나를
아내가 뒤따라오면서
꼭 머슴 아저씨가
주인댁 아가씨 모시고 가는 것 같애
놀림을 당하면서
나는 조금 더 행복해진다.

시 1

그냥 줍는 것이다

길거리나 사람들 사이에
버려진 채 빛나는
마음의 보석들.

잠들기 전 기도

하나님
오늘도 하루
잘 살고 죽습니다
내일 아침 잊지 말고
깨워 주십시오.

강물과 나는

맑은 날
강가에 나아가
바가지로
강물에 비친
하늘 한 자락
떠올렸습니다

물고기 몇 마리
흰 구름 한 송이
새소리도 몇 움큼
건져 올렸습니다

한참 동안 그것들을
가지고 돌아오다가
생각해 보니

아무래도 믿음이
서지 않았습니다

이것들을
기르다가 공연스레
죽이기라도 하면
어떻게 하나

나는 걸음을 돌려
다시 강가로 나아가
그것들을 강물에
풀어 넣었습니다

물고기와 흰 구름과
새소리 모두

강물에게
돌려주었습니다

그날부터
강물과 나는
친구가 되었습니다.

가을

댑싸리 울 밖
두엄자리 옆
탑새기 깔고 앉아
저승꽃이 핀
할머니의 손이
까는 콩깍지
콩깍지 안에 조로록
여문 콩알들
세 개 중에 한 개는
여물이 덜 든 쭉정이
내 새끼야
그래도 버릴 수 없는
내 새끼야.

창문을 연다

나는 지금 창문을 연다
창문을 열고
어두운 밤하늘의 별들을 본다

밤하늘에 빛나는 별들
그 가운데에서 제일로
예쁜 별 하나를 골라 나는
너의 별이라고 생각해 본다

별과 함께 네가
내 마음속으로 들어온다
내 마음도 조금씩
밝아지기 시작한다

나는 이제 혼자라도
혼자가 아니다
우리는 멀리 헤어져 있어도
헤어져 있는 게 아니다

밤하늘 빛나는 별과 함께
너는 빛나는 별이다
너의 별을 따라 나도 또한
빛나는 별이다.

징검다리

새벽녘 소나기에
개울물이 많이 불었다
잘람잘람 모가지께까지
차오르는 징검다리

아이 하나가 건너간다
아찔
아이 하나가 또 건너간다
아찔
아이 하나가 또다시 건너간다
아찔

징검다리를 무사히 건너간
아이들 웃음소리
개울물 위로 넓게넓게 퍼진다

그 웃음 소리 되받아
개울물도 더욱 크게 소리내며
흘러간다.

아침 새소리

아침 새소리를 들으려고
어제 저녁 일부러
일찍 잠들었는데
나보다 한 발 앞장서
잠깨어 숲을 흔들고
창을 흔들고
잠든 나를 흔들어 깨우는
새소리
온, 녀석들
부지런하기도 하지.

우리 아기 새로 나는 이는

우리 아기 새로 나는 이는
서투른 농부가 심어 둔 논바닥의 허튼모

누가 허튼모 심어 주더나?
하느님이 허튼모 심어 주셨지

우리 아기 새로 나는 이는
썽글썽글 못생긴 옥수수알

누가 옥수수알 심어 주더나?
하느님이 옥수수알 심어 주셨지.

상쾌

시골 살면서도 꽃 한 포기 가꿀 줄 모르고
풀 한 포기 뽑을 줄 모르는 시골 아이들 위해
아이들과 함께 학교 처마 밑 좁은 땅에
봉숭아꽃을 심고 학교 실습지 한 귀퉁이에
고구마 순을 묻었다

봉숭아꽃을 심으며 꽃이 피면
손톱에 꽃물 들여 주고
고구마 순을 묻으며 가을 오면
함께 고구마를 캐 보자고 약속했다

아이들은 길길이 뛰면서 좋아했다
초등학교 2학년 어떤 아이는
가슴이 상쾌하다고 말했다
상쾌란 말이 무슨 뜻인지 알고나

하는 말이었을까?

아이들 가슴속에 가을이
먼저 와 있었다.

수학여행 길

오늘도 하루
삼백칠십 원어치
아침 수학여행 길
새로운 산과 강과 하늘과
나무와 만나고
다시 삼백칠십 원어치
저녁 수학여행 길
만났던 산과 강과 하늘과
나무와 이별하고
돌아와 고단한 하루
날개를 접는다.

시월

골목길 들어설 때
물방울 튀기듯
쏟아지는 피아노 소리

아!

가슴을 쓸며
올려다보는 하늘에
감 알이 하나
익어 있었다.

까치밥

하늘
심장이
상처나

뚝
뚝
뚝

새빨간 피
떨어뜨렸네

설화雪花 뒤집어쓴
감나무 가지
끝

대롱대롱
까치밥으로 남긴
홍시

쩌르르
손끝
저리다.

날마다 소풍날 _제주 기행

학교 파한 아이들
자전거 타고
혹은 걸어서
친구들이랑 어울려서
혹은 혼자서
책가방 그대로 들고
혹은 과자 봉지 사 들고
방파제를 따라서
소풍을 간다
방파제 끝에서
바람이 부르는가
파도가 부르는가
학교 파한 섬 아이들
소풍을 간다
날마다 소풍을 간다

하기사 이 세상은
소풍날
날마다 소풍날
잘 살다 가거라
좋은 세상 좋게 살다
가거라.

너와 함께라면
멀어도 가깝고

아름답지 않아도
아름다운 길

2

오래 바라보기

너를 두고

세상에 와서
내가 하는 말 가운데서
가장 고운 말을
너에게 들려주고 싶다

세상에 와서
내가 가진 생각 가운데서
가장 예쁜 생각을
너에게 주고 싶다

세상에 와서
내가 할 수 있는 표정 가운데
가장 좋은 표정을
너에게 보이고 싶다

이것이 내가 너를
사랑하는 진정한 이유
나 스스로 네 앞에서 가장
좋은 사람이 되고 싶은 소망이다.

먼 길

함께 가자
먼 길

너와 함께라면
멀어도 가깝고

아름답지 않아도
아름다운 길

나도 그 길 위에서
나무가 되고

너를 위해 착한
바람이 되고 싶다.

시 2

마당을 쓸었습니다
지구 한 모퉁이가 깨끗해졌습니다

꽃 한 송이 피었습니다
지구 한 모퉁이가 아름다워졌습니다

마음속에 시 하나 싹텄습니다
지구 한 모퉁이가 밝아졌습니다

나는 지금 당신을 사랑합니다
지구 한 모퉁이가 더욱 깨끗해지고
아름다워졌습니다.

창문을 연다

나는 지금 창문을 연다
창문을 열고
어두운 밤하늘의 별들을 본다

밤하늘에 빛나는 별들
그 가운데에서 제일로
예쁜 별 하나를 골라 나는
너의 별이라고 생각해 본다

별과 함께 네가
내 마음속으로 들어온다
내 마음도 조금씩
밝아지기 시작한다

나는 이제 혼자라도
혼자가 아니다
우리는 멀리 헤어져 있어도
헤어져 있는 게 아니다

밤하늘 빛나는 별과 함께
너는 빛나는 별이다
너의 별을 따라 나도 또한
빛나는 별이다.

오월 아침

가지마다 돋아난
나뭇잎을 바라보고 있으려면
눈썹이 파랗게 물들 것만 같네요

빛나는 하늘을 바라보고 있으려면
금세 나의 가슴도
바다같이 호수같이
열릴 것만 같네요

돌덤불 사이 흐르는
시냇물 소리를 듣고 있으려면
내 마음도 병아리 떼같이
종알종알 노래할 것 같네요

봄비 맞고 새로 나온 나뭇잎을 만져 보면
손끝에라도 금시
예쁜 나뭇잎이 하나
새파랗게 돋아날 것만 같네요.

풀꽃 1

자세히 보아야
예쁘다

오래 보아야
사랑스럽다

너도 그렇다.

눈부신 세상

멀리서 보면 때로 세상은
조그맣고 사랑스럽다
따뜻하기까지 하다
나는 손을 들어
세상의 머리를 쓰다듬어 준다
자다가 깨어난 아이처럼
세상은 배시시 눈을 뜨고
나를 향해 웃음 지어 보인다

세상도 눈이 부신가 보다.

애기 발

자박자박 애기 발
보드랍고 여린
애기 발이었는데

안쓰러워라
어느새 어른 발
발바닥에
굳은살도 박히고

그래도 그 발로
근심 없는 세상
자박자박
걸으면서 살아라

애기처럼
두리번두리번 세상
구경하면서 가거라.

동심

꽃은 나무나 풀에만
피는 것이라고 말했다
아이들은 아니라고 그랬다
사람도 꽃그림이 들어 있는
옷을 입으면 사람에게도
꽃이 피는 것이고
예쁜 여자아이
두 볼이 빨개지면
그것도 꽃이 된다고
그랬다
살아 있는 것은
모두 움직인다고 일러 줬다
그렇다면 바람과 물도
살아 있나요?
살아 있는 것은 숨을 쉬거나

무엇인가를 먹고 자란다고
일러 줬다
그렇다면 구름과 불도
살아 있나요?
아니라고 대답해 줬지만
정말로 살아 있는 것은
아이들 말대로
바람과 물과 구름과 불이 아닐까
아이들 모르게 혼자
중얼거려 보았다.

제비꽃 1

그대 떠난 자리에
나 혼자 남아
쓸쓸한 날
제비꽃이 피었습니다
다른 날보다 더 예쁘게
피었습니다.

느낌 1

달이 너무 밝아
잠 깬 자벌레 한 마리
배춧잎이 들판인 줄 알고
헤매 다니다가
어메나 저게 뭐라냐?
보름달을 보며 키재기한다
달이 점점
으스러진다.

노래

노래는 어디에서 오는가?
마을에서도 변두리
변두리에서도 오두막집
어둠 찾아와
창문에 불 켜지고
나무 아래 내다 놓은 들마루
그 위에 모여 앉아 떠들며
웃으며 노는 아이들

– 거기에서 온다

노래는 어디에서 오는가?
한길에서도 오솔길
오솔길이 가다가 발을 멈춘 곳
도란도란 사람들 목소리

들려오는 오두막집
개구리래도 청개구리
따라서 노래 부르는 들창

- 거기에서 온다.

바다에서 오는 버스

아침에
산 너머서 오는 버스
비린내 난다
물어보나 마나 바닷가
마을에서 오는 버스다

바다 냄새 가득 싣고 오는 버스
부푼 바다 물빛
바다에서 떠오르는 해
풍선처럼 싣고 오는 버스

저녁때
산 너머로 가는 버스
땀냄새 난다
물어보나 마나 바닷가

마을로 가는 버스다

하루 종일 장터에 나가
지친 아주머니 할머니들
두런두런 낮은 말소리 싣고
지는 해 붉은 노을 속으로
돌아가는 버스다.

촉

무심히 지나치는
골목길

두껍고 단단한
아스팔트 각질을 비집고
솟아오르는
새싹의 촉을 본다

얼랄라
저 여리고
부드러운 것이!

한 개의 촉 끝에
지구를 들어올리는
힘이 숨어 있다.

봄

딸기밭 비닐하우스 안에서
아기 울음소리 들린다
응애 응애 응애

아기는 보이지 않고
새빨갛게 익은 딸기들만
따스한 햇볕에
배꼽을 내놓고 놀고 있다

응애 응애 응애
아기 울음소리
다시 들리기 시작한다.

오아시스

어이없어라
짐작하지도 못한 곳에
느닷없는 조그만 호수
아니면 커다란 우물

무너지고 부서지고
미끄러지는 모래 산
모래밭 그 어디쯤
철렁 하늘빛까지 담아서
목마른 생명을 기르는
비현실 풍경

우리네 인생에서도
그런 행운의 순간
놀라운 반전이
있었을까?

그것이 너한테
나였다면!
나한테 또한
너였다면!

행복 2

저녁때
돌아갈 집이 있다는 것

힘들 때
마음속으로 생각할 사람이 있다는 것

외로울 때
혼자 부를 노래 있다는 것.

별

내가 너를 생각하는
마음 하나와

네가 나를 생각하는
마음 하나가

땅 위를 헤매다가
하늘에서 만나면

별이 되는 것이
아닐까!

오늘도 나는 별을 바라보며
생각해 본다.

사는 일

1
오늘도 하루 잘 살았다
굽은 길은 굽게 가고
곧은 길은 곧게 가고

막판에는 나를 싣고
가기로 되어 있는 차가
제시간보다 먼저 떠나는 바람에
걷지 않아도 좋을 길을 두어 시간
땀흘리며 걷기도 했다

그러나 그것도 나쁘지 아니했다
걷지 않아도 좋을 길을 걸었으므로
만나지 못할 뻔했던 싱그러운
바람도 만나고 수풀 사이

빨갛게 익은 멍석딸기도 만나고
해 저문 개울가 고기비늘 찍으러 온 물총새
물총새, 쪽빛 나랫짓도 보았으므로

이제 날 저물려고 한다
길바닥을 떠돌던 바람도 잠잠해지고
새들도 머리를 숲으로 돌렸다
오늘도 하루 나는 이렇게
잘 살았다.

2
세상에 나를 던져 보기로 한다
한 시간이나 두 시간

퇴근 버스를 놓친 날 아예
다음 차 기다리는 일을 포기해 버리고
길바닥에 나를 놓아 버리기로 한다

누가 나를 주워가 줄 것인가?
만약 주워가 준다면 얼마나 내가
나의 길을 줄였을 때
주워가 줄 것인가?

한 시간이나 두 시간
시험 삼아 나는 세상 한복판에
나를 던져 보기로 한다

나는 달리는 차들이 비껴가는
길바닥의 작은 돌멩이.

느낌 2

또르르
이슬이 뒹구는
연 이파리
휘익 청개구리란 놈
한 마리
올라앉는다
사알짝 휘는 연 이파리
내 마음도 그 옆에서
따라서
휘어지는 게 보인다.

대숲 아래서

1
바람은 구름을 몰고
구름은 생각을 몰고
다시 생각은 대숲을 몰고
대숲 아래 내 마음은 낙엽을 몬다.

2
밤새도록 댓잎에 별빛 어리듯
그슬린 등피에는 네 얼굴이 어리고
밤 깊어 대숲에는 후둑이다 가는 밤 소나기 소리
그러고도 간신히 사운대다 가는 밤바람 소리.

3
어제는 보고 싶다 편지 쓰고
어젯밤 꿈엔 너를 만나 쓰러져 울었다.
자고 나니 눈두덩엔 메마른 눈물자죽,
문을 여니 산골엔 실비단 안개.

4
모두가 내 것만은 아닌 가을,
해 지는 서녘구름만이 내 차지다
동구 밖에 떠드는 애들의
소리만이 내 차지다
또한 동구 밖에서부터 피어오르는
밤안개만이 내 차지다

하기는 모두가 내 것만은 아닌 것도 아닌
이 가을,
저녁밥 일찍이 먹고
우물가에 산보 나온
달님만이 내 차지다
물에 빠져 머리칼 헹구는
달님만이 내 차지다.

같이 갑시다

저녁밥 먹고
산개구리 울음소리
만나러 가는 길

나도 같이 갑시다

하늘 한가운데
달님도 빙긋 웃으며
따라나서는데

울 너머 활짝 핀
살구꽃이 덩달아
어깨쯤을 들먹이네.

들길을 걸으며

1
세상에 와 그대를 만난 건
내게 얼마나 행운이었나
그대 생각 내게 머물므로
나의 세상은 빛나는 세상이 됩니다
많고 많은 사람 중에 그대 한 사람
이제는 내 가슴에 별이 된 사람
그대 생각 내게 머물므로
나의 세상은 따뜻한 세상이 됩니다.

2
어제도 들길을 걸으며
당신을 생각했습니다
오늘도 들길을 걸으며
당신을 생각합니다

어제 내 발에 밟힌 풀잎이
오늘 새롭게 일어나
바람에 떨고 있는 걸
나는 봅니다
나도 당신 발에 발에 밟히면서
새로워지는 풀잎이면 합니다
당신 앞에 여리게 떠는
풀잎이면 합니다.

너도 그러냐

나는 너 때문에 산다

밥을 먹어도
얼른 밥 먹고 너를 만나러 가야지
그러고
잠을 자도
얼른 날이 새어 너를 만나러 가야지
그런다

네가 곁에 있을 때는 왜
이리 시간이 빨리 가나 안타깝고
네가 없을 때는 왜
이리 시간이 더딘가 다시 안타깝다

멀리 길을 떠나도 너를 생각하며 떠나고
돌아올 때도 너를 생각하며 돌아온다
오늘도 나의 하루해는 너 때문에 떴다가
너 때문에 지는 해이다

너도 나처럼 그러냐?

선물

하늘 아래 내가 받은
가장 커다란 선물은
오늘입니다

오늘 받은 선물 가운데서도
가장 아름다운 선물은
당신입니다

당신 나지막한 목소리와
웃는 얼굴, 콧노래 한 구절이면
한 아름 바다를 안은 듯한 기쁨이겠습니다.

그러므로

너는 비둘기를 사랑하고
초롱꽃을 사랑하고
너는 아기를 사랑하고
또 시냇물 소리와 산들바람과
흰 구름까지를 사랑한다

그러한 너를 내가 사랑하므로
나는 저절로
비둘기를 사랑하고
초롱꽃, 아기, 시냇물 소리,
산들바람, 흰 구름까지를 또
사랑하는 사람이 된다.

백두산 가는 길

가도 가도 수풀
가도 가도 먼지 날리는 길

함부로 그 살을
열지 말라

함부로 그 마음
허락치 말라
*

졸지 않으리라

눈에 띄는 것 나무 하나
풀포기 하나 놓치지 않으리라

내 오늘 이 길을 지났으니
돌아가 살면서
투정하지 않으리라.

다락방

이담에 집을 마련한다면
지붕 위에 다락방 하나 달린 집을
마련하겠습니다
문틈으로 하늘 구름도 잘 보이고
바람의 옷소매도 잘 보일 뿐더러
밤이면 별들이 하나둘 돋아나는 것도
곧잘 볼 수 있는
그러한 다락방을 하나
마련하겠습니다
그리하여 속상하거나 답답한 날은
다락방에 꽁꽁 숨으렵니다
그대도 짐작 못 하고
하느님도 찾지 못하시도록.

풍금

어느 먼 곳에서
내 이름 부르는
소리

솔바람 소린가 하면
바닷소리이고
바닷소린가 하면
아, 어머니

해 저물어
젊으신 어머니
어린 나 부르는
소리.

전학 간 친구 그리워

한 송이 제비꽃
새파란 꽃잎 속에는
전학 간 친구 얼굴이
나를 보고 웃고 있어요

친구야 친구야 나의 친구야
전학 갈 때 내 손을 잡고
울먹이던 나의 친구야

너 없이 나 혼자서
오고 가는 학교 길
봄이 오니 친구가
더욱 보고 싶어요

한 송이 민들레
샛노란 꽃잎 속에는
떠나간 친구 모습이
나를 보고 알은 체해요

친구야 친구야 나의 친구야
전학 갈 때 웃는 네 얼굴
데리고 간 나의 친구야

오늘은 나 혼자서
오고 가는 학교 길
꽃이 피니 친구가
더욱 더 그리워져요.

엄마가 말했어요

아가야 이리 온
엄마가 손을 내밀면
부드러운 바람이 불고

조금만 더 한 발만 더
그러면 나뭇가지에 새잎이 나고
땅바닥에 새싹이 돋고

아가야 한 발만 더 가까이
가까이 오지 않을래 그러면
나뭇가지에 땅바닥에 꽃이 핀다고요

꽃이 아기였고 아기가
또 봄이었어요
아니에요 엄마가 봄이었어요.

맑은 날 2

개울물을 바라본다
맑고 깨끗한 물
어! 물고기가 있네

물고기가 헤엄친다
내 마음속에도
맑은 물이 흐르고
물고기가 헤엄친다

오늘은 모처럼 맑은 하늘
나도 이제는 물고기
하늘 바다에 헤엄친다.

겨울밤 1

아가아, 자니이?
아니요
여우 우는 소리 좀 들어 봐
아까부터 듣고 있는걸요……

나도 여우 우는 소리에 잠 깨었는데
메마른 울타리가 잠 못 들고
부석대는 밤,
잠 깨인 할머니가 무서우신가
자꾸만 말을 시키신다

아가아
으 으 응……
옛날 애기 하나 해 줄까?
……

따뜻한 장판방 아랫목
이불 속으로 기어들면서 기어들면서……
뒷동산 고목나무에 부엉이가 우는 밤,
부엉이 따라 여우도 따라와 우는 밤,
겨울밤은 길고 길었다.

첫 친구 _현명이 1

현명이는
첫 친구

얼굴도 제일 먼저 익히고
이름도 제일 먼저 알았다

현명이는
〈소망의 집〉에 들어서
사는 아이

학년은 3학년이지만
하는 짓은 세 살이나
네 살밖에 되지 않는다

이름도 대지 못하고
나이도 모르는 현명이
내가 모자를 쓰고 있을 때는
아저씨라 말하고
모자를 벗고 있으면
선생님이라 말한다

그러나 다음 날은
그것도 깡그리 잊어버리고 마는
현명이

현명이는
첫 친구

현명이에겐
날마다가 새날이고
그래서 현명이는 날마다
새롭게 태어나는 아이이다.

누나 생각

조그만 새였나 보다 은빛 날개를 가진
누나는 어여쁜 새였나 보다
고갯마루 올라설 때까지 뒤따라오며
지절거리다가 속삭여 주다가

뒤돌아보면 포르르 사라져 버린
누나는 무지갯빛 바람개비
누나야 누나야 오늘도 언덕에 올라
혼자서 불러 본다 고운 이름아.

어머니 말씀의 본을 받아

어려서 어머니 곧잘 말씀하셨다
애야, 작은 일이 큰일이다
작은 일을 잘하지 못하면 큰일도 잘하지 못한단다
작은 일을 잘하도록 하려무나

어려서 어머니 또 말씀하셨다
애야, 네 둘레에 있는 것들을 아끼고 사랑해라
작은 것들 버려진 것들 오래된 것들을
부디 함부로 여기지 말아라

어려서 그 말씀의 뜻을 알지 못했다
자라면서도 끝내 그 말씀을 기억하지 않았다
보다 넓은 세상으로 나아가 얼른
더 많은 사람들과 어울려 살고 싶었다

그러나 나는 하루 한 날도
평화로운 날이 없었고 행복한 날이 없었다
날마다 날마다가 다툼의 날이었고
날마다 날마다가 고통과 슬픔의 연속이었다

이제 겨우 나이 들어 알게 되었다
어머니 말씀 속에 행복이 있고
더할 수 없이 고요한 평안이 있었는데
너무나 오랫동안 그것을 잊고 살았다는 것을

그리하여 나 젊은 사람들에게 말하곤 한다
작은 일이 큰일이니 작은 일을 함부로 하지 말아라
네 주변에 있는 것들이며 사람들을 소중히 여겨라
어머니 말씀의 본을 받아 타일러 말하곤 한다

지금껏 우리는 인생을 어떻게 살아야 할 것인가
보다는
무엇을 위해 살아야 하는가에 목을 매고 살았다
기를 쓰고 무엇인가를 이루려고만 애썼다
명사형 대명사형으로만 살려고 했다

보다 많이 형용사와 동사형으로 살았어야 했다
남의 것을 부러워하기보다는 내 것을 더 많이
사랑하고 아끼고 소중히 여기며 살았어야 했다
내가 얼마나 귀한 사람인가를 처음부터 알았어야
했다

당신의 행복은 어디에 있는가?
애당초 그것은 당신 안에 있었고
당신의 집에 있었고 당신의 가족, 당신의 직장

속에 있었다
이제부터 당신은 그것을 찾기만 하면 되는 일이다.

예쁘지 않은 것을 예쁘게
보아 주는 것이 사랑이다

3

예쁘게 보기

사랑에 답함

예쁘지 않은 것을 예쁘게
보아 주는 것이 사랑이다

좋지 않은 것을 좋게
생각해 주는 것이 사랑이다

싫은 것도 잘 참아 주면서
처음만 그런 것이 아니라

나중까지 아주 나중까지
그렇게 하는 것이 사랑이다.

풀꽃 3

기죽지 말고 살아 봐
꽃 피워 봐
참 좋아.

경이 눈 속에는

경이 눈 속에는
노오란 노오란
개나리 울타리가
잠들어 있네요
초가집이 한 채 그 가운데
예쁘게 눈썹을 내리깔고
잠들어 있네요

경이 눈 속에는
깊은 밤중에만 몰래 별들이
멱감고 나오는 옹달샘이
하나 가득 고여 있네요

하얀 솜구름같이 피어오르던
왕자님의 아카시아꽃 숲이

어지러이 바람에
설레고
아아,
경이 눈 속에는
내 얼굴이 웃고 있네요.

낮달

달밤에 아기가
엄마 등에 업혀서 먼 길 가다가
잠이 드는 바람에 고무신
한 짝을 잃었습니다

하늘이 안쓰럽게 여겨
그 고무신 주워다가 가슴에
품었습니다

아기야, 네 고무신 한 짝
찾아가거라.

이른 봄

나뭇가지에
둑길에
강물 위에
하늘, 구름에
수채화 물감으로
번지는
햇살
방글방글
배추 속배기로
웃는 아가
웃음
밝은 나라로
더 밝은 나라로.

봄철의 입맛

문득
씀바귀 나물이
먹고 싶다

싸아 하니
입안 가득 감겨 오는
쌉쌀한 씀바귀 나물의 혀

씀바귀 나물에선
외할머니 냄새가 난다

씀바귀 나물에선
어린 날의 냄새가 난다

아아
느릿느릿 허물 벗고 나서는
새 햇빛 앞세워
새로 어린 날,

새 옷 사 달래서 호사하고
오랜만에 외할머니 만나러
외갓집에 가고 싶다.

아기를 위하여 1

아무리 보잘것없는 여자라도 엄마가 되면
세상에서 가장 아름다운 사람이 됩니다
그것은 그 여자의 아이에겐 그 여자가
이 세상에서 가장 아름다운 사람으로 보이기
때문입니다

아무리 보잘것없는 여자라도 엄마가 되면
세상에서 가장 유식한 사람이 됩니다
그것은 그 여자의 아이에겐 그 여자가
이 세상에서 가장 많은 걸 아는 사람으로 보이기
때문입니다

아무리 보잘것없는 여자라도 엄마가 되면
세상에서 가장 소중한 사람이 됩니다
그것은 그 여자의 아이에겐 그 여자가

이 세상에서 가장 소중한 사람으로 자리 잡기
때문입니다

그렇습니다
어떤 아이들에게 있어서도 자기의 엄마는
세상에서 가장 소중한 사람이요
세상에서 가장 정다운 사람이요
세상에서 가장 많은 걸 아는 사람이요
세상에서 가장 너그러운 사람이요
세상에서 가장 아름다운 사람입니다

그래서 세상의 모든 여자들은
엄마가 되기만 하면
이 세상에서 가장 훌륭한 사람으로
다시 태어나게 됩니다.

민애의 노래책

민애의 노래책엔
나쁜 일은 없고
좋은 일만 있다
─산토끼 한 마리, 붕어 한 마리, 귤 한 개

민애의 노래책엔
심심한 일은 없고
신나는 일만 있다
─세발자전거 타고 노는 엄마와 아빠와 오빠

민애의 노래책엔
슬픈 일은 없고
즐거운 일만 있다
─숨바꼭질하는 해님과 달님과 별님

민애의 노래책엔

미운 것은 없고

이쁜 것만 있다

─색종이로 만든 나라, 그 나라의 왕자님.

어린아이로

어린아이로 남아 있고 싶다
나이를 먹는 것과는 무관하게
어린아이로 남아 있고 싶다
어린아이의 철없음
어린아이의 설렘
어린아이의 투정
어린아이의 슬픔과 기쁨
그리고 놀라움
끝끝내 그것으로 세상을 보고 싶다
끝끝내 그것으로 세상을 건너가고 싶다
있는 대로 보고 들을 수 있고
듣고 본 대로 느낄 수 있는
그리고 말할 수 있는
어린아이의 가슴과 귀와 눈과
입술이고 싶다.

어진이와 민들레

어진이 어진이 우리 어진이
민들레 꽃밭에 논다
민들레 꽃 되어 논다

민들레 엄마 민들레
꺾어서 후후 입으로 불며
홀씨야 멀리 가거라

어진이 어진이 우리 어진이
민들레 꽃밭에 또 하나
민들레 꽃 되어서 논다.

다섯 살

우리 동생은 다섯 살
몸집은 다른 애들보다 큰데
마음은 어린 애기

길가에서나
골목길에서
또래 아이들만 만나면
다짜고짜 물어요

너는 몇 살이니?
자기 나이 다섯 살보다
많다고 그러면
기가 팍 죽고요

자기 나이보다 어리다면
기가 살아서
내가 성아다, 알았지?
폼을 잡아요.

되고 싶은 사람

너는 커서 무엇이 될래?
무엇 하는 사람이 될 거니?
어른들은 나만 보면
귀찮게 물어요

엄마 아빠 아는 어른들은
더욱 그렇게 물어요
그럴 때마다 나는
대답을 못 해요

내가 되고 싶은 사람을
나는 아직 정하지 못했거든요
마땅히 되고 싶은 사람이
나에겐 아직 없기도 하구요

나는 혼자서 생각해 봐요
내가 되고 싶은 사람은
어떤 사람일까?

나는 그냥 사람 같은 사람이
되고 싶어요
그냥 내가 되고 싶어요.

꽃신

꽃을 신고 오시는 이
누구십니까?

아, 저만큼
봄님이시군요!

어렵게 어렵게 찾아왔다가
잠시 있다 떠나가는 봄

짧기에 더욱 안타깝고
안쓰러운 사랑

사랑아 너도 갈 때는
꽃신 신고 가거라.

제비꽃 2

아직도 나를 기다려
고개 숙인 철부지 소녀.

아기를 위하여 2

어느 날 엄마가 아기에게 야단을 쳤습니다
무언가 아기가 잘못한 일이 있었던가 봅니다
엄마는 열심히 말하고
열심히 나무라는데
아기는 너무 어려
엄마의 말을 알아듣지 못하고
엄마를 말뚱말뚱 쳐다봅니다
우리 엄마가 왜 갑자기 저러는 걸까?
아기는 엄마가 낯선 사람같이만 생각됩니다
여전히 아기는 엄마를 쳐다봅니다
그 눈에 가득 눈물이 고였습니다
엄마는 그때 깨닫습니다
아기가 잘못한 것이 아니라
자기가 잘못했다는 것을
아기가 사는 나라와 그 나라의 꿈과 생각을
오히려 엄마가 몰랐다는 것을

비로소 아기와 엄마의 마음이 하나가 됩니다.

아기를 재우려다

아기를 재우려고 엄마가 아기를 끼고 누우면
아기의 숨소리가 너무 고와서
아기의 숨결이 너무 향기로와서
엄마는 그만 아기보다 먼저 잠이 들고
아기는 잠든 엄마 곁에서
방글방글 웃고 있다
엄마가 아기를 재우는 것인지,
아기가 엄마를 재우는 것인지…….

세 살

어진이는 만으로 세 살
말썽 부리기 좋은 나이

이번 주말엔 할아버지네 집에 와서
세 가지나 일을 저질렀다

춤을 추다가 할머니가 아끼는
화분을 두 개나 엎질러 먹고

할아버지가 쓰는 지우개 달린
연필을 물어뜯어 망가뜨려 놓았다

그래도 할머니는 야단치지 않는다
할아버지도 웃기만 한다.

개화

우리 아기 아는 말은
딱 한마디 엄마라는 말

엄마 손잡고 길을 가다가
손가락으로 가리키며
엄마, 엄마 부를 때

집들도 꽃으로 피어나고
나무도 꽃으로 피어나고
담장 위의 나팔꽃도 꽃으로 피어나고
하늘도 꽃으로 피어난다

엄마도 정말
엄마란 꽃으로 피어난다.

제비

지지배배
지지배배

윤이는 오빠
민애는 동생

윤이네 집에 집을 짓자
민애네 집에 집을 짓자.

이름 부르기

순이야, 부르면
입속이 싱그러워지고
순이야, 또 부르면
가슴이 따뜻해진다

순이야, 부를 때마다
내 가슴속 풀잎은 푸르러지고
순이야, 부를 때마다
내 가슴속 나무는 튼튼해진다

너는 나의 눈빛이
다스리는 영토
나는 너의 기도로
자라나는 풀이거나 나무거나

순이야, 한 번씩 부를 때마다
너는 한 번씩 순해지고
순이야, 또 한 번씩 부를 때마다
너는 또 한 번씩 아름다워진다.

귤

시장바닥에 흐드러지게 나와 팔리는
귤을 보면 슬퍼진다
옛날에 그 귀하던 것이 저러이
흔전만전 나와 푸대접을 받고 있구나
저것들 키운 농부의 노고는 오죽했으며
저것들 팔기 위해 떨고 있는
아주머니의 추위는 또 얼마나 모진 것이랴
더구나 저것들 키운
제주도의 햇볕은 얼마나 또
빛나고 눈부셨으랴.

수족관의 물고기

죽지 못해 사는 목숨입니다
죽기 위해 사는 목숨입니다
죽고 싶어도 죽어지지 않는 목숨입니다.

엄마 마음

아기가 자라면
엄마도 따라서
자라고

아기가 변하면
엄마도 따라서
변한다

아기가 웃을 때
따라서 웃는
엄마

아기가 아플 때
따라서 아픈
엄마

아기는 엄마의
조그만 호수
조그만 하늘

구름 한 점 없기를
물결 하나 없기를
손 모아 기도한다.

풀꽃 2

이름을 알고 나면 이웃이 되고
색깔을 알고 나면 친구가 되고
모양까지 알고 나면 연인이 된다
아, 이것은 비밀.

내가 너를

내가 너를
얼마나 좋아하는지
너는 몰라도 된다

너를 좋아하는 마음은
오로지 나의 것이요,
나의 그리움은
나 혼자만의 것으로도
차고 넘치니까……

나는 이제
너 없이도 너를
좋아할 수 있다.

얘들아 반갑다

아침마다 문을 조금씩 열어 놓는다
혹시나 유리창에 가려 방 안으로
들어오지 못하는 수줍은 햇빛들도 들어오게 하고
바람이며 새소리도 조금 들어오게 하기 위해서다

바람을 따라 먼지 같은 것도
덤으로 들어온들 어떠랴!
들어와 나랑 함께 잠시 놀다가 다시
밖으로 나가면 될 일 아니겠나?

현관 쪽으로 난 문도 빼긋이 조금 열어 놓는다
아이들 떠드는 소리 아이들 후당탕거리며
지나가는 발자국 소리들도 조금 들어와
내 마음속에 잠시 머물러 놀다 가기를
바라는 마음에서다

애들아, 반갑다
다 반갑다.

엄마 발소리

저벅저벅
아빠 발소리
또닥또닥
누나 발소리
자분자분
엄마 발소리

나는 눈 감고도 알아요
창문 너머로도 들어요
그렇지만 자분자분
엄마 발소리
제일 좋아요.

엄마의 소원

아기가 자라면
엄마는 늙고

엄마는 늙어도
아기는 자라야 하고

엄마의 소원은
아기가 잘 자라는 것뿐······.

여름의 일

골목길에서 만난
낯선 아이한테서
인사를 받았다

안녕!

기분이 좋아진 나는
하늘에게 구름에게
지나는 바람에게 울타리 꽃에게
인사를 한다

안녕!

문간 밖에 나와
쭈그리고 앉아 있는
순한 얼굴의 개에게도
인사를 한다

너도 안녕!

엄마 아빠 탓

엄마가 말했어요
너는 예쁜 아이라고
그래서 나는 예쁜 아이가 돼요

아빠가 그랬어요
너는 착한 아이라고
그래서 나는 착한 아이가 돼요

나는 다른 아이는 될 수 없어요
착한 아이 예쁜 아이밖에는
될 수 없어요

내 탓이 아니에요
모두 다 엄마 탓이고
아빠 탓이에요.

대화

우리 딸아이보다 더 예쁜
여자아이를 이적지 본 적이 없어요
그건 나도 그래요

어느 날 딸아이 어렸을 적
사진 꺼내 놓고 아내와 내가
구시렁구시렁.

다섯의 세상

세 돌이 채 되지 못한
우리 손자 어진이가
알고 있는 숫자 가운데
가장 큰 숫자는 다섯
손가락 다섯 개의
바로 그 다섯

얼마나 맛있느냐 물으면
손가락 다섯 개를 활짝 펴 보이고
얼마나 추웠느냐 물어도
손가락 다섯 개를
활짝 펴 보이며 웃는다

손가락 다섯 개로 표현되는 세상이여
아름다운지고 거룩한지고
욕심 없는 그 나라의 셈법이여.

할아버지 어린 시절 1

밤에 휘파람 불면 뱀이 나온단다
문지방 밟으면 엄마가 죽는단다
머리통 뒤로 손깍지 껴도 엄마가 죽는단다
또, 생쌀을 먹어도 엄마가 죽는단다
옛이야기 너무 좋아하면 가난하게 산단다
너는 진다리 밑에서 주워 온 아이란다

할머니 말씀이 정말인 줄 알고
혼자서만 겁이 나고 걱정되었던
키 작은 남자아이
그것이 할아버지 어린 모습이었단다.

중학생을 위하여

하루에 세 번씩 반성하고
세 번씩 자신을 꾸중하라는 말씀은
오래전 옛말이다

오히려 하루에 세 번씩
자기가 한 일을 돌아보고
세 가지를 칭찬하라

나는 오늘도 밥을 잘 먹었다
학교에 결석하지 않고 나왔다
친구들이랑 다투지 않았다

정이나 칭찬할 것이 없으면
네 굵고도 튼튼한 다리를
칭찬하라

그 다리로 하여 너는
대지를 굳게 딛고 서 있는 것이고
멀리까지 갈 수도 있는 것이다

이 얼마나 장한 일이냐!
이러한 생각 속에서
너의 세상이 달라질 것이다.

나이 _현명이 2

현명이는
열한 살

어디로 나이를
먹었느냐 물으면
입으로 먹었다고
입을 가리킨다

나이를 먹어 보니
맛이 어떻더냐 물으면
맛이 아주 좋았다고 말하는
현명이

그러면서 내게도
몇 살이냐 묻는다

쉰 하고서도
다섯 살이라 말하면
자꾸만 스물다섯이라고
나이를 고쳐서
말 해주는 현명이

쉰다섯과
스물다섯을 구별하지
못하는 것이다

그래, 나도
스물다섯 살쯤이었으면
좋겠다.

낙서 1

1학년 아이들 자주 오가는
교실 모퉁이
메꽃 줄기 기운차게 솟아올라 기어오르는
시멘트 담장
1학년 아이들 짓이 분명한
토끼집 개굴개굴 도레미
이제 마악 글자 깨쳐 가는 아이들이
선생님 쓰시는 분필 도막 훔쳐 내
누가 볼까 조마조마 숨어서 했을 낙서
얼마나 귀여운 낙서인가
못된 욕설이 아니어서 얼마나 다행스러운가
야외 변소에서 풍겨 오는 오줌 지린내를 맡으며
머리 위로 쏟아지는 처마 밑 참새 울음소리를
들으며
나는 자꾸 웃음이 나왔다
낙서를 지우면서 자꾸 웃음이 나왔다.

고드름

아빠, 고드름이 많이 열리는 집이
행복이 많이 찾아오는 집이라면서?
그럼, 그럼,
우리 집이야말로 행복이
많이 찾아오는 집이고말고
봄이 와도 고드름이
쉽게 녹지 않는 우리집
그늘져 산 아래 마을
고드름 부자 우리집.

다시 중학생에게

사람이 길을 가다 보면
버스를 놓칠 때가 있단다

잘못한 일도 없이
버스를 놓치듯
힘든 일 당할 때가 있단다

그럴 때마다 아이야
잊지 말아라

다음에도 버스는 오고
그다음에 오는 버스가 때로는
더 좋을 수도 있다는 것을!

어떠한 경우라도 아이야
너 자신을 사랑하고
이 세상에서 가장 귀한 것이
너 자신임을 잊지 말아라.

바라볼 수도 없고
그렇다고 아니 바라볼 수도 없고
그저 눈이
부시기만 한 사람

4

사랑으로 보기

꽃

예뻐서가 아니다
잘나서가 아니다
많은 것을 가져서도 아니다
다만 너이기 때문에
네가 너이기 때문에
보고 싶은 것이고 사랑스런 것이고 안쓰러운
것이고
끝내 가슴에 못이 되어 박히는 것이다
이유는 없다
있다면 오직 한 가지
네가 너라는 사실!
네가 너이기 때문에
소중한 것이고 아름다운 것이고 사랑스런 것이
고 가득한 것이다
꽃이여, 오래 그렇게 있거라.

어린아이

예쁘구나
쳐다봤더니
빙긋 웃는다

귀엽구나
생각했더니
꾸벅 인사한다

하느님 보여 주시는
그 나라가
따로 없다.

나는 반대예요

엄마가 말했어요

내가 있어 우리 집이
천국이라고
내가 웃어서
베란다 화분 꽃을 피운다고

그러나 나는 반대예요

우리 집엔 엄마가 있어서
천국이고
엄마가 물을 주고 돌보니까
베란다 화분의 꽃도 피는 거라고

그건 분명 그래요
엄마가 있는 곳은 어디나
나에게 천국이에요.

아이

못생겨서 귀여운 아이
눈이 너무 작구나.

엄마

하나의 단풍잎 속에
푸른 나뭇잎이 있고
아기 나뭇잎이 있고
새싹이 숨어 있듯이

우리 엄마 속에
아줌마가 살고 있고
아가씨가 살고 있고
여학생이 살고 있고
또 어린 아기가 살고 있어요

그 모든 엄마를 나는
사랑해요.

감꽃

바람이 많이 부는 날은
감꽃이 많이 떨어졌다

바람이 잠든 새벽 아침에
아이들은 깨어
뿌연 물안개 속에
바구니 하나씩 들고 감꽃을 주우러
감나무 밑으로 모인다

감나무 아래
가슴 두근거리며 두근거리며
아이들을 기다리고 있는 하얀 감꽃들

바구니 하나 가득 감꽃을 주워 들고
돌아오는 뿌듯한 이 기쁨!

이 감꽃으로 무엇을 할까?

입안에 집어넣고 자근자근 씹으면
떨떠름하고 달착지근한 감꽃 내음
실에 꿰어 목에 걸면
화안한 꽃다발

야, 내가 왕자님 같잖아!
갑자기 가슴이 밝아오는
아아 웃는 얼굴

바람이 많이 부는 날
바람 소리 속에 아이들은
일찍일찍 잠들곤 했다
새벽에 일어나
감꽃을 주우러 가야 하기 때문이다.

아름다운 사람

아름다운 사람
눈을 둘 곳이 없다
바라볼 수도 없고
그렇다고 아니 바라볼 수도 없고
그저 눈이
부시기만 한 사람.

낙서 2

새로 발령받아
찾아간
산골 학교

수세식 화장실 없어
푸세식 변소만 있는
학교

남자 소변기 있는
벽 위에 흐릿한 글씨
삐뚤삐뚤한 글씨로
쓰인 낙서

- 양호 선생님 배꼽은
누룽지 배꼽

우리 학교 선생님 가운데
제일로 예쁘고 상냥한
선생님이 양호 선생님이라는 걸
내게 살짝 귓속말로
알려 주는 녀석이 있었구나!

- 양호 선생님 배꼽은
누룽지 배꼽

오줌 지린내
똥 구린내조차
정겹게 느껴졌다.

일요일

그네가 흔들린다
바람이 앉아서
놀다 갔나 보다

꽃들이 웃고 있다
바람이 간지럼
먹이다 갔나 보다

자고 있는 아기도
웃고 있다
좋은 꿈 꾸고 있나 보다.

응?

초록의 들판에
조그만 소년이
가볍게 가볍게
덩치 큰 소를 끌고 가듯이

귀여운 어린이가 끌고 가는
착하신 엄마와 아빠

어여쁜 아이들이 끌고 가는
정다운 학교와 선생님

아가야, 지구를 통째로
너에게 줄 테니
잠들 때까지 망가뜨리지 말고
잘 가지고 놀거라, 응?

아기를 위하여 3

시골 외갓집에 간 아기가 목이 말랐습니다
엄마, 물 줘
엄마는 부엌에서 숭늉을 가져다
아기에게 내밉니다
그러나 아기는
도리질, 도리질입니다
마루에 걸린 거울을 가리키며
이것 같은 물, 이것 같은 물
이라고 말합니다
이것 같은 물이 무슨 물인지⋯⋯
처음부터 아기는
거울같이 맑고 차가운 물을 찾았던 건데
엄마가 쉽게 아기의 말을 알아듣지 못한 것입니다
그것은 아기가 시인의 마음을 가졌는데
엄마가 시인의 마음을 가지지 못한 때문입니다.

아기를 위하여 4

뻐꾸기 울다가 그친
여름날의 저녁때
개울가에서
산새 뻐꿍 왜 안 울어?
즈이(자기) 집으로 자러 가서 안 울어
그러면 개굴물(개울물)은
즈이 집이 어디야?
글쎄다……
네 살배기 아기와 아빠가
주고받은 말입니다.

참새

참새야
내 손바닥에 앉아 다오,

네가 바란다면
내 손바닥은 잔디밭

네가 바란다면
내 손가락은 마른 나뭇가지

참말로 네가 바란다면
내 입술은 꽃잎, 잘 익은 까치밥

참새야
내 머리 위에 앉아 다오,

네가 바란다면
내 머리칼은 겨울 수풀, 아무도 모르는.

차마

며칠을 두고
파리 한 마리
잡지 않았다

여름방학을 하여
아이들 없는 시골 초등학교
이층에서도 교장실
오직 살아 숨 쉬는 것은
저와 나, 둘뿐이기에

며칠을 두고
파리채를 차마
들지 못했다.

리트머스 시험지

나는 리트머스 시험지
쉬이 물이 들고 후질러지는
리트머스 시험지
매일같이 한 장씩
새 걸 꺼내 들고 떠나지만
한나절도 못 가 지레 먹물이 들고
핏물이 들어
못 쓰게 된다
그리하여 정작 써야 될 때
쓰지 못하게 된다
하느님,
제가 가진 리트머스 시험지
다 후질러지면 돌아가겠습니다
당신 나라로 돌아가겠습니다.

오리 세 마리

어떻게 알고 찾아왔는지
산골 저수지에 오리 세 마리

저렇게 오리가 세 마리면
짝이 안 맞아 싸우지 않을까?

아니야, 아닐 거야
저 가운데 한 마리는 애기 오리

엄마 아빠 사이에 끼어
세 마리가 더욱 정다울 거야.

신발

외동아이 사는 집
댓돌 위에 애기들 신발이
여러 켤레

하나, 둘, 셋, ⋯⋯ 다섯 켤레
한 켤레는 알겠는데
나머지는 누구 것일까?

오라 오라
나머지 네 켤레는
놀러 온 친구들 거였구나

잘 놀다 가거라
흥부네 집 아이들처럼
옹기종기 놀다가 돌아가거라.

어버이날

고마워요
그냥 엄마가 내 엄마인 것이
고마워요

고맙구나
그냥 네가 내 아들인 것이
고맙구나.

활^짝

진달래~꽃 활^짝 피었습니다
개나리~꽃 활^짝 피었습니다
민들레~꽃 활^짝 피었습니다

끝이 없이 이어지는
꽃들의 행렬
어진이 노래 속에
활짝 피어서
웃고 있는 꽃들의 물결

어진아 어진아
노래 좀 다시 해 볼래?
부끄러워서 못해요
노래 멈춘 어진이가 또
꽃이었다.

엄마 사라져 버려랏

말 안 듣는다고
엉뚱한 짓 말썽부린다고
엄마가 야단치고
신경질 부리면 나도
엄마한테 야단치고
신경질 부려요
엄마 사라져 버려랏!
마음속으로 주문을 외워요
그러나 엄마가 사라지면
어떻게 하겠어요?
내 주문이 안 이루어진 것이
다행한 일이지요
엄마 사라져 버려랏!
그건 가짜예요
엄마가 나한테 야단치고

신경질 부리는 것이
가짜인 것처럼 말이에요.

아기를 위하여 5

아기 하나
세상에 태어나므로
세 사람이 함께 세상에
태어난다고 그럽니다

한 사람은 아기
한 사람은 엄마
한 사람은 아빠

참으로 놀랍고
놀라운 발견입니다
참으로 놀랍고
감사한 탄생입니다

어찌 엄마가 아기 없이 저절로
엄마가 될 수 있겠습니까!
어찌 아빠가 아기 없이 저절로
아빠가 될 수 있겠습니까!
어찌 아기가 엄마 아빠 없이 혼자서
아기가 될 수 있겠습니까!

일기 숙제 _초등학교 2학년 일기장

여름방학 숙제로
일기 쓰기

그날은 아무것도
쓸거리가 없었어요

우리 집은 아빠가 선생질을 하여
근근이 먹고 산다

엄마가 장난감 사 달라
조를 때마다 들려주던 말

담임 선생님이 보시고
빨간 줄 쳐서 일기장 돌려주셨어요

빙그레 웃으시며
아무 말씀도 안 하셨어요.

교회 식당

나는 깔보이는 사람
아이들한테까지
깔보이는 사람

교회 식당에서
국수 먹고 나오는데
앞니 빠진 일곱 살짜리
남자아이가 말을 건다
할아버지, 국수 맛있었어?
그래 나도 국수 맛있었단다

오늘 나는 아이들한테까지
깔보이는 사람이어서
행복하다.

내비 언니

다섯 살 남자 애기
아빠가 운전하는
자동차 타고 다니다가
내비게이션에서 흘러나오는
젊고도 친절한 여자
목소리 듣고는
엄마, 저 누나 어디 살아?
나, 저 누나 만나고 싶어
말했다 그런다

*

애기야
이 할아버지도 때로는
그 언니
만나 보고 싶을 때가 있었단다.

지구를 한 바퀴

아빠는 일터에 나가고
혼자서 아기 키우는 엄마

아기를 재워 놓고
기저귀 빨려고
들샘에 가서는
아기 혼자 깨어 우는 소리
귀에 쟁쟁 못이 박혀서
갖추갖추 빨랫감 헹궈 가지고
지구를 한 바퀴 돌아오듯
바쁘게 돌아옵니다

마늘밭 지나 보리밭 지나
교회 앞마당을 질러옵니다.

할아버지 어린 시절 2

해마다 봄이 와서
들길을 가거나 산길을 걸을 때
호랑나비 처음 보면
그해에는 옷을 잘 얻어 입을 것이고
노랑나비 만나면
먹을 것을 잘 얻어먹겠지만
하얀 나비 처음 만나면
식구 가운데 한 사람
죽는다고 그래서 걱정하고 겁이 났던
한 아이가 있었단다

그것이 또 할아버지
어린 시절이었단다.

개구리

아침 출근길
개구리를 보았다

검정 통고무신 신고
풀섶길 논두렁길 걷다 보면
발등 위에 찌익
선뜩한 오줌 줄기
제멋대로 내갈기며
도망치던 녀석
퉁방울 눈과 기다란 혀를 가진
풀밭의 주인이요
더운 여름날의 뛰어난
노래꾼

어려서 인사 없이 헤어졌던
그 동무를 오늘 아침 나는
다시 만났다.

너와 함께라면 인생도 여행이다

인생이 무엇인가
한마디로 말하는 사람 없고
인생이 무엇인가
정말로 알고 인생을 사는 사람 없다

어쩌면 인생은 무정의 용어 같은 것
무작정 살아 보아야 하는 것
옛날 사람들도 그랬고 오늘도 그렇고
앞으로도 오래 그래야 할 것

사람들 인생이 고달프다 지쳤다
힘들다고 입을 모은다
가끔은 화가 나서
내다 버리고 싶다고까지 불평을 한다

그렇지만 말이다
비록 그러한 인생이라도
사랑하는 사람과 함께라면
조금쯤 살아 볼 만한 것이 아닐까

인생은 고행이다! 그렇게
말하는 사람들 있다
우리 여기서 '고행'이란 말
'여행'이란 말로 한번 바꾸어 보자

인생은 여행이다!
더구나 사랑하는 너와 함께라면
그것은 얼마나 가슴 벅찬 하루하루일 것이며
아기자기 즐겁고 아름다운 발길일 거냐

너도 부디 나와 함께
힘들고 지치고 고달픈 날들
여행이라고 생각해 주면 좋겠구나
지구여행 잘 마치고 지구를 떠나자꾸나.

학교 가던 아이는 죽어

웃으며 손잡고
학교 가던 아이는 죽어
학교 앞 신호등이 되고

친구와 배를 타고
학교 가던 아이는 죽어
학교 앞 개울의 다리가 되고

동생과 손잡고
학교 가던 아이는 죽어
학교 앞 행길가의 표지판 된다.

3월에 오는 눈

눈이라도 3월에 오는 눈은
오면서 물이 되는 눈이다
어린 가지에
어린 뿌리에
눈물이 되어 젖는 눈이다
이제 늬들 차례야
잘 자라거라 잘 자라거라
물이 되며 속삭이는 눈이다.

한밤중에

한밤중에
까닭 없이
잠이 깨었다

우연히 방 안의
화분에 눈길이 갔다

바짝 말라 있는 화분

아 너였구나
네가 목이 말라 나를
깨웠구나.

징검다리 1

봉숭아꽃이 봉숭아꽃인 줄 모르는
아이들에게도 봉숭아꽃이
어떠한 꽃인지 알려 주어야 한다

봉숭아꽃 봉숭아꽃
소리 내어 이름을 불러 줄 때마다
아이들 마음속으로 하나씩 놓이는
징검다리

그 징검다리를 타고 건너오는
풀덤불과 소낙비와 봉숭아꽃
빨가장이 입술

아이들은 제 마음속 징검다리가
끝난 곳쯤에서 징검다리를

새로 더 놓으며 멀리 아주
멀리까지 가기도 할 것이다.

아기 신발 가게 앞에서

세상 살맛
무척이도 없는 날은
길거리 아기 신발 가게를 찾아가
유리창 안에 갇힌
아기 신발들을 바라본다
조그맣고 예쁘고 고운 아기 신발들에
담겨질 만큼의 사랑과 기쁨과
세상 살 재미들을 요량해 본다
저 신발의 임자는 누구일까……
저 신발을 신고 걸어 다닐
조그맣고 보드라운 맨발을 가진
어린 사람은 누구일까……
유리창 너머 풀밭 사잇길로
아기가 웃으며 걸어온다
아기는 구름 모자를 썼다

아기는 바람의 옷을 입었다
아가, 이리 온
소리 내어 부르자 아기는 사라지고
차디찬 유리창만이 내 앞을
막아설 뿐.

등 너머로 훔쳐 듣는 대숲바람 소리

등 너머로 훔쳐 듣는 남의 집 대숲바람 소리 속
에는
밤사이 내려와 놀던 초록별들의
퍼렇게 멍든 날갯죽지가 떨어져 있다
어린 날 뒤울안에서
매맞고 혼자 숨어 울던 눈물의 찌꺼기가
비칠비칠 아직도 거기
남아 빛나고 있다

심청이네 집 심청이
빌어먹으러 나가고
심봉사 혼자 앉아
날무처럼 *끄들끄들* 졸고 있는 툇마루 끝에
개다리소반 위 비인 상사발에
마음만 부자로 쌓여 주던 그 햇살이

다시 눈 트고 있다. 다시 눈 트고 있다
장승상네 참대밭의 우레 소리도
다시 무너져서 내게로 달려오고 있다

등 너머로 훔쳐 듣는
남의 집 대숲바람 소리 속에는
내 어린 날 여름 냇가에서
손바닥 벌려 잡다 놓쳐 버린
발가벗은 햇살의 그 반쪽이
앞질러 달려와서 기다리며
저 혼자 심심해 반짝이고 있다
저 혼자 심심해 물구나무 서보이고 있다.

외할머니

시방도 기다리고 계실 것이다
외할머니는

손자들이
오나오나 해서
흰옷 입고 흰 버선 신고

조마조마
고목나무 아래
오두막집에서

손자들이 오면 주려고
물렁감도 따다 놓으시고
상수리묵도 쑤어 두시고

오나오나 혹시나 해서
고갯마루에 올라
들길을 보며

조마조마 혼자서
기다리고 계실 것이다
시방도 언덕에 서서만 계실 것이다
흰옷 입은 외할머니는.

유언시 _아들에게 딸에게

아들아 딸아, 지구라는 별에서 너희들
애비로 만난 행운을 감사한다
애비의 삶 길고 가느른 강물이었다
약관의 나이, 문학에의 꿈을 품고 교직에 들어와
43년 넘게 밥을 벌어먹고 살았으며
시인 교장이란 말을 들을 때가 가장 좋은 시절이
었지 싶다

그 무엇보다도 한 사람 시인으로 기억되기를
희망한다
우렁차고 커다란 소리를 내는 악기보다는 조그
맣고 고운
소리를 내는 악기이고 싶었다
아들아, 이후에도 애비의 이름을 기억하는 사람
을 만나거든

함부로 대하지 않기를 부탁한다
딸아, 네가 나서서 애비의 글이나 인생을 말하지
않기를 바란다

나의 작품은 내가 숨이 있을 때도 나의 소유가
아니고
내가 지상에서 사라진 뒤에도 나의 것이 아니다
저희들끼리 어울려 잘 살아가도록 내버려 두거라
민들레 홀씨가 되어 날아가든 느티나무가 되든
종소리가 되어
사라지고 말든 내버려 두거라

인생은 귀한 것이고 참으로 아름다운 것이란 걸
너희들도 이미 알고 있을 터,
하루하루를 이 세상 첫날처럼 맞이하고

이 세상 마지막 날처럼 정리하면서 살 일이다
부디 너희들도 아름다운 지구에서의 날들
잘 지내다 돌아가기를 바란다
이담에 다시 만날지는 나도 잘 모르겠구나.

더욱 예쁘다

　시는 마음을 깨끗하게 해 줍니다. 어두운 마음을 씻어 주고 불안한 마음을 편안하게 해 줍니다. 시를 읽으면 저절로 마음이 착해집니다. 말을 예쁘게 합니다.

　아닙니다. 예쁘지 않은 말은 할 줄 모릅니다. 정말입니다. 시를 많이 읽은 사람의 입에서는 예쁜 말만 나오도록 되어 있습니다. 향기로운 말입니다. 착한 말입니다. 시가 그렇게 하도록 가르쳐 주기 때문입니다.

　나는 문학 강연을 다니면서 그런 사람들을 아주 많이 만났습니다. 이 책을 읽는 분들도 그렇게 될 줄 믿습니다. 이쁘다고 말하니 더욱 예쁩니다.

이쁘다고 말하니 더욱 예쁘다

ⓒ 나태주, 2026

초판 1쇄 인쇄 2026년 4월 7일
초판 1쇄 발행 2026년 4월 17일

지은이 나태주
기획실 정진우 정재우
2팀 편집장 이태영 | 편집 김재희 황성지
디자인 권순영 | 마케팅 홍보 곽예인 정은아 | 디지털콘텐츠 구지영
제작 관리 윤준수 고은정 이원희 | 제작처 영신사

펴낸곳 열림원 | 펴낸이 정중모 방선영
출판등록 1980년 5월 19일(제406-2000-000204호)
주소 경기도 파주시 회동길 152
전화 031-955-0700 | 팩스 031-955-0661
페이스북 /yolimwon | 트위터 @yolimwon | 인스타그램 @yolimwon
홈페이지 www.yolimwon.com | 이메일 bbchild@yolimwon.com

ISBN 979-11-7040-380-7 02810